KB178520

푸른사상 시선 133

먼 길을 돌아왔네

푸른사상 시선 133

먼 길을 돌아왔네

인쇄 · 2020년 8월 24일 | 발행 · 2020년 8월 31일

지은이 · 서숙희
펴낸이 · 한봉숙
펴낸곳 · 푸른사상사

주간 · 맹문재 | 편집 · 지순이, 김수란 | 마케팅 · 김두천
등록 · 1999년 7월 8일 제2-2876호
주소 · 경기도 파주시 회동길 337-16(서패동 470-6) 푸른사상사
대표전화 · 031) 955-9111(2) | 팩시밀리 · 031) 955-9114
이메일 · prun21c@hanmail.net /prunsasang@naver.com
홈페이지 · http://www.prun21c.com

ISBN 979-11-308-1702-6   03810
값 9,000원

이 시집은 2019년 서울문화재단 창작 지원금으로 발간되었습니다.

푸른사상
시선

133

먼 길을 돌아왔네

서숙희 시조집

푸른사상
PRUNSASANG

그리하여 여기까지 왔다,

고통과 상처의 맨발로.

얼마나 더 가야 할지 모르지만 또 가야 한다.

여전히 캄캄한 울음의 집을 지고서,

2020년 여름
서숙희

| 차례 |

■ 시인의 말

제1부

6

제2부

제3부

제4부

| 차례 |

제5부

제1부

바람꽃

나는 스스로 바람의 딸이 되련다

아슬한 벼랑 위에 한 생을 걸어놓고

명치 끝 으스러지도록 그늘을 껴안으련다

세상 가장 아름다운 슬픔과 내통하며

행여 비칠 연분홍 몸의 문장 따위는

뜨거운 갈증의 가윗날에 뭉텅뭉텅 잘리련다

봄이 다시 황홀한 저주처럼 찾아올 때

입술을 헐리우며 야생의 어둠을 먹고

한사코 꽃잎을 밀어내는, 희디흰 꿈을 꾸련다

금환일식

태양은 순순히 오랏줄을 받았다
팽팽하게 차오르는 소멸을 끌어안아

일순간
대명천지는
고요한 무덤이다

입구와 출구는 아주 없으면 좋겠다
시작과 끝 또한 없으면 더 좋겠다
캄캄한 절벽이라면 아, 그래도 좋겠다

빛을 다 파먹고 스스로 갇힌 어둠 둘레
오린 듯이 또렷한 금빛 맹세로 남아

한목숨,
네 흰 손가락에
반지가 되고 싶다

푸르고 싱싱한 병에 들어

나, 푸르고 싱싱한 병 하나에 들겠네
여름 내내 아무도 미워하지 않아서
쓸쓸한 어스름처럼 순해진 육신으로

푸르고 싱싱한 그 병 안에서 나는
울울창창 깊은 울화를 단숨에 들이켜고
칼을 문 욕망의 피로 입술을 닦으려네

푸르고 싱싱한 그 병 안에서 나는, 아
되새김질, 하듯이 고통을 복기한 후
깨끗한 항복의 자세로 투병기를 쓰겠네

푸르고 싱싱한 병, 그 병 밖에서 아, 나는
마침내 새로 얻은 말끔한 죄 하나를
한 사발 눈먼 사유에 튼튼히 꽂아두겠네

반도네온에게

너는 바람이다가
너는 흐느낌이다가

뜯어내도 뜯어내도 찐득하게 엉기는

고독한 탱고의 영혼*
슬픈 악마의 악기*

밟아다오 격정을 삼킨
첩첩 가슴 첩첩 울음

붉은 치맛자락 춤추는 흰 맨발로

그렇지, 한(恨)은 그렇게
접었다 펴고
폈다 접는 것

* 남미에서는 반도네온을 '탱고의 영혼', '악마의 악기'라 한다.

고독의 뼈는 단단하다

잠든 세상 한복판이 환하게 날카로울 때
결벽증의 밤이 사방연속무늬로 번질 때

막 깨진 사금파리같이,
먼 기억이 다시 올 때

그럴 때 고독은 경전처럼 깨끗해지지
적막의 목을 꺾어 단정하게 걸어두고

단단한 뼈 하나로 서서,
불가항력으로 웃지

빙폭

살은 다 버리고
뼈로 우는 사내가 있다
욕된 울음 덩어리
제 안에 다 가뒀으니
스스로 채운 저 결박
아무도 풀지 말라

산 같은 함묵을
맨살에 갈고 갈아
선 채로 껴안은
얼음기둥 속살 깊이
기어이 텅 빈 이름 하나
환하게 새길 때까지

쇄빙선

우화를 꿈꾸는 나는 한 마리 갑각류
치명적인 욕망은 이미 극지에 들어
단 한 줄 비명까지도 안으로 가두었다

얼음마녀여, 더 단단히 주술을 걸어다오
거칠은 밧줄로 더 차갑게 결박해다오
두터운 그 침묵 앞에 절명시를 바쳤으니

거대한 한 덩어리 흰 문장을 다 깨고서
피 묻은 돛을 씻어 높푸르게 내걸면

마침내 소름처럼 돋는,
투명한
날개
날개

어느 날 밤의 그로테스크

야릇한 누아르풍의 어느 소설에서처럼
두 개의 달이 뜨는 비현실의 밤이 있지
하늘에 붉은 달 하나
바다에 검은 달 하나

화려한 불빛으로 위장한 제철소에선
용광로의 연기가 단단한 이빨이 되어
망토를 푹 뒤집어쓴 하늘을 깊숙이 찢지

살갗이 벗겨진 하늘의 달은 붉고 심장이 타들어간 바다의
달은 검고 물고기 겨드랑이에선 허연 미늘이 돋고

창문이 침통하게 굳어가는 그런 밤
어디서 본 듯한 표절 같은 여자 하나가
창 안의 내게 자꾸 말을 걸지
혀가 없는 입으로

아파트 야화(夜話)

저 사내들의 태생은 철근과 콘크리트
깍두기 머리에다 딱 벌어진 어깨들이
단단히 스크럼을 짜고 칼같이 도열했지

하나같이 똑같은 모양을 하고 있는 건
가장 외로운 심장을 파먹으러 찾아드는
잔혹한 슬픔의 순례를 교란하기 위해서지

밤이 되면 창마다 커튼을 드리우고
수척해진 야성을 완강하게 가린 채
순장된 고독의 허리를 뜨겁게 껴안곤 하지

그믐달이 사내들의 쇄골에 걸린 밤엔
알리바바와 40인의 도적을 끌고 온
눈 깊은 셰헤라자데에게 마른 등을 기대지

그 섬의 선인장

꺾여도 살아난다
뽑아도 죽지 않는다

꺾인 그 자리에서
뽑힌 그 자리에서

제 몸을 제가 딛고서 퍼렇게 일어선다

온 마을을 하룻밤에 통째로 불태워도
목숨을 지상에서 흔적 없이 소개(疏開)해도
검붉은 울음을 삼킨 세월을 봉인해도

산 채로 묻힌 진실은 땅을 뚫고 나왔다

끝내 뱉지 못한 말과
끝내 감지 못한 눈이

단단한 증언이 되어,
섬 가득 피어났다

팔에 대한 보고서

1

나팔꽃은 덩굴로 난간에 꽃을 피웠다
선인장은 가시로 피 묻은 자서를 썼다
지상의 생존 방식에 삶은 늘 복종했다

2

어깨와 손목 사이, 견갑골과 수근골 사이
날개도 아니고 앞다리도 아닌 이름
천사와 짐승 사이에서 처세술을 더듬었다

욕망은 퇴화보다 진화를 거듭하여
필사적인 표정은 소매 속에 감춰두고
살 오른 삶의 몸통을 터지도록 껴안았다

비보호좌회전

선택의 책임은 치명적으로 외롭지만
정면으로 오는 속도 한순간 틀어쥐고
금지된 선을 넘어야 했다
네게로 가기 위해

오른쪽은 언제나 옳고 바른 것이고
오른쪽의 권한은 당연한 것이라는
편견은 굳어버린 채로
이미 절대 충성인데

왼쪽은 늘 위험하고 때론 불온했으나
쓸쓸한 독이 묻은 터부의 이 순간
아무도 보호해주지 않는,
핸들은 또 왼쪽이다

피 묻은 상처는 밥이다

피 묻은 상처는
한 그릇의 밥이다

불어터진 감성의 배후가 될지도 모를
어설픈 에스프리는 나의 밥이 아니다

찬 바닥을 기면서 맨몸을 문질러 쓴 유서 같은 문장을 뚝
뚝 꺾어 넣은 밥 녹슬은 숟가락으로 푹푹 퍼먹는 밥

잠복해 있던 울음들 조각조각 토해내고
희망의 손목에 철컥, 수갑을 채우는

피 묻은 붉은 상처의,
슬프고도 힘센 밥

그곳, 폐광

막장이라는 그 말 함부로 하지 마라
그곳은 갈 데까지 간 막다른 곳이 아닌
처절한 꿈을 캐내는 환한 시작점이었다

갱도를 비춘 것은 헤드랜턴이 아니라
하루를 생의 전부로 아찔하게 살아가는
어둠 속 흰 이빨들이 꽉 깨문 희망이었다

지층의 굳은 근육 퍽퍽 찍어낼 때면
저 바깥이 문득 먼 세상 같다는 생각에
흐르는 땀줄기들이 철사처럼 뻣뻣했다

아직도 표백되지 않은 검은 상처 같은
내 가난한 등을 뜨겁게 달군 그 이름은
어느 먼 지질 시대에 매몰되어 있는가

제2부

아프릴레*

나는 죄 많은데 참말로 죄 많은데

꽃 보며 웃는데 사막처럼 웃는데

너는 왜, 왜 죄도 없이 죄 없이도 울고 있나

혼자서 받는 밥엔 적막이 한 상인데

꽃 두고 나비 두고 모두 다 어디 갔나

허공은 봉두난발로 봉두난발 무너지는데

노래는 굽이굽이 여태도 굽이굽이라

못다 부른 끝 소절은 못다 불러 붉은데

울음은 왜 캄캄하나 이리 환한 대낮인데

* 사월(Aprile), 이탈리아 가곡.

이운다는 말

꽃 한 잎

이울어

꽃 두 잎

이울어

이운다는 말에는

이운다는 그 말에는

떠난 님

덜 마른 눈빛같이

아픈 듯

고운 듯

이후

꽉 조였던 나사들이 조금씩 헐거워졌다

바짝 붙어 있던 삶에 빈칸이 생겨났다

그대로 비워둬도 되고 채워도 되는 이것

가까이 있던 것들과 멀리 있던 것들이

천천히 자리 바꾸는 시간 혹은 공간

일상은 은혜로울 만큼 단정하게 게으르다

먼 길을 돌아왔네

젖은 생을 조금씩 배경에게 내어주고
저 또한 배경이 된
한 다발의 마른 시간

그 사이
우리 관계는
먼 길을 돌아왔네

첫 마음 첫 향기는
귀밑머리로 세어지고
피울 꽃도 지울 잎도 없는 가벼워진 몸에

잘 마른
울음 몇 잎이
나비처럼 앉았네

낡은 신발 흙을 털듯
기억을 털어내고

마침표를 찍어야 하는 마지막 한 문장

마른다,
그 말의 끝은
아직 젖어만 있네

이사 전야

내일이면 낯선 공간에 깃들어야 하는 시간
버릴 것 버리고 난 손때 묻은 세간들을

육탈한 뼈를 수습하듯
차곡차곡 담는다

박스에 담을 수 없는 얼룩진 애환이
쓸쓸한 탄피처럼 빈 벽에 박혀 있는

한 시절 나를 부렸던 곳의,
눈 붉은 마지막 밤

사진은 왜

사진을 보는 건 조금 쓸쓸한 일이다

어느 먼 추억 속에 꽂혀 있는 생의 한 갈피

사진은 왜 과거 속에서만 희미하게 웃을까

나비가 잠시 앉았던 것 같은 그때 거기서

젊은 한때가 젊은 채로 늙어가는데

사진은 왜 모르는 척 모서리만 낡아갈까

물외라는 이름

1

내가 살던 촌에선 오이를 물외라 했다
그냥 외도 아니고 참외도 아닌 이름
어쩐지 맺힌 데 없어 나지막이 부르고픈

아닌 척 까칠한 척 초록 가시 세웠지만
순한 몸 뚝 자르면 가득 품은 물빛 향을
속없이 다 내주고서 푸르게 울먹이는

2

여름 내 참았을까 외꽃같이 연한 울음
그 울음 꼭꼭 접어 가만히 건네던 날
싸리울 성근 그늘이 저물도록 젖었지

잊어도 좋겠지만 간직해도 좋을 이름
참외처럼 샛노랗게 달지는 않지만
내 유년 먼 시오리길의 물외 같은 그 아이

사랑과 이별에 대한 몇 가지 해석

사랑은 현금이고 이별은 외상이다
사랑은 총론이고 이별은 각론이다
사랑은 입체적이고 이별은 평면적이다

그 모든 것 한데 섞인 소용돌이가 사랑이다
그 모든 것 눌어붙은 지리멸렬이 이별이다

그 모든 사랑과 이별은
아, 낙화이며 유수다

가버린 것들은

세시리아 너는 떠나고 십 년이나 지나고*
그렇게 너는 가고 낮달처럼 너는 가고**
간다는, 간다는 것은 속절없이 또 가고

가버린 것들이 간 곳은 어디일까
그때 핀 흰 깨꽃은 아직 지지 않았는데

아득한, 아니 너무 환한
그 이름은
그 세월은

* 이재행의 시 「만남」에서.
** 박기섭의 시 「너는 가고 낮달처럼」에서.

백석처럼

난이라는 이는 명정골에 산다는데*
평안도 정주에서 경상도 통영까지
그곳은 자다가도 가고픈
님이 사는 바닷가*

한 사랑을 가슴에 품어본 이는 알지
이 세상 만 가지가 다 한길로 든다는 걸
운명은 그 길의 끝에
한 사람을 세운다는 걸

시인이 울듯 울듯 주저앉은 돌층계에
오늘은 내가 앉아 그이처럼 울어보네
가뭇한 섬이 된 이름 하나
가슴에 쓸어안고

* 백석의 시 「통영2」에서 차용 및 변용.

지는 꽃

한나절 사월 꽃은 지기 위해 피었던가

연분홍 저 허공이 통째로 무너진다

내 사랑,

귀엣말처럼 왔다가

천둥처럼 가고 있다

흰죽의 기억

며칠을 되게 앓아 신열도 잦아든,

텅 빈 육신이 받은 한 사발 희디흰,

말간 쌀 울고 울어서 뽀얀 뼈가 비치던,

이승 끝 소실점에 가물대던 흰 헛것이

한 숟갈 아슴하게 마른 입술에 닿을 때

먼먼 날 젊은 어머니 젖 내음도 같이 왔지

전혜린을 읽는 휴일

아무도 없고 아무것도 할 일이 없는 날

찻물이 저 혼자 끓다가 저 혼자 식고
그녀가 남긴 우울 한 채 위리안치에 들고
먼 곳 쪽에 둔 눈빛에 빈 시간이 서성이고
흰 적막의 목덜미엔 소복이 살이 오르고

그리고, 하루는 끝내 아무 말도 하지 않았다

밤비

있으라고 이슬비

가라고 가랑비

있을 사람도 없고

갈 사람도 없어라

저 홀로
야윈 빈 밤이

저 홀로
젖는 밤

찰람찰람*

소리 내어 읽으면 더욱 예쁜 우리말, 작은 그릇 따위에 가
득 찬 액체가 자꾸만 흔들리면서 넘칠 듯한 모양*

소리 내어 읽으면 더욱 설운 사랑 하나
한 사람 위해 닦고 닦은 내 작은 가슴에

넘칠 듯
아, 넘칠 듯이
차마 아니 넘치는

* 국립국어원 『쉼표, 마침표.』에서.

제3부

종이컵 연애

만남은 간편했다
신용카드를 긁듯이

너무 얇은 네 뼈와 너무 흰 네 살결이
카페의 알전구 아래서 잠시 안쓰러웠지만

따스함은 손바닥, 딱 거기까지였다
가슴까지 오기도 전에 벌써 식어버리는
우리는 이미 일회성을 신뢰하고 있었다

플라토닉은 진즉에 플라스틱이 되었다
언제라도 버리고 언제라도 시작하는,

세상이 가벼워졌다
사랑이 편리해졌다

관계
— 홍채 인식 스마트폰

당신만 읽을 수 있죠
내 눈동자의 말을
살 맞대지 않고도 완벽하게 감응하는
다디단 둘만의 비밀
아무도 탐할 수 없죠

내가 정말 나임을 증명해주는 당신
당신의 몸을 통해 세상을 로그인하죠
짜릿한 이 알고리즘에
운명처럼 복종할래요

운명은 때로 과즙 묻은 칼날을 품고 있죠
탐닉의 입술이 행여 그 칼날 물지라도

즐겨요
오직 지금의,
또렷한 이 갈증을

캔을 따는 시절

딸깍, 짧고 깔끔한 유혹이 열리면
갇혔던 욕망이 하얗게 솟구치고
금속성 차가운 전율이 입술 끝에 닿지

원할 때면 원터치, 언제라도 참 좋아
뒤끝 없이 딱 떨어지는 한 번이라 더 좋아
흔적을 착 눌러버리는 프레스는 참 프레시해

우리는 즐거이 짜릿함의 인질이 됐지
잠복해 있던 우울이나 고독 따위도
몇 번만 흔들어주면 상쾌한 허무가 되지

꼴

-궁서체
길이 자주 흔들려도 걸음은 늘 골랐지
바람이 불어도 치맛자락 늘 단정했지
한 자루 붓을 쥔 듯이 제 몸 고쳐 잡았지

-굴림체
어깨며 두 무릎, 닳고 닳아 둥글어졌지
세상 모진 말들을 오래오래 굴렸지
남은 말 입에 문 채로 징검돌을 건넜지

-고딕체
궁서체 굴림체, 그 독백 다 지워버리자
그래도 외로우면 고딕체로 시를 쓰자
아주 더 외로울 때면 견고딕체로 시를 쓰자

불면의 렌즈에 잡힌 두 개의 이미지

1

그녀가 길고 긴 흑발을 늘어뜨렸다
은하수 뽀얗게 살 오른 등이 다 덮었다
잘록한 허리까지 내려 온, 옻빛의 가려움

2

또렷한 허기 하나가 반짝반짝 눈을 뜬다
동그랗게 똬리 튼 딱딱한 잠의 껍질을
초침이 뾰족한 입으로 째깍째깍 파먹는다

일몰, 그리고

검고도 깊은 그곳
움푹 팬 가랑이로
뜨겁고 붉은 것이
쑤욱 들어갔다

통째로 햇덩이를 삼킨
산의 몸 훅, 부풀어

가슴 푼 귀소본능
저릿하게 젖이 돌아
피붙이 살붙이
비린 냄새 자욱하다

만물들 속살이 젖는,
내밀한 그 한때의

어떤 죽음

그는 죽었다
무슨 징후나 예고도 없이
제 죽음을 제 몸에 선명히 기록해두고
정확히 세 시 삼십삼 분 이십이 초에 죽었다

생각해보면 그의 죽음은 타살에 가깝다
오늘을 어제로만, 현재를 과거로만
미래를 만들 수 없는,
그 삶은 가혹했다

날마다 같은 간격과 분량으로 살아온
심장이 없어 울 수도 없는 그의 이름은
벽시계,
뾰족한 바늘뿐인
금속성의 시시포스

그 밤에 반전이 있었다

별도 달도 없는 밤, 더디 가는 소설에서
발이 터진 난관이 문장 속에 갇혔다
매복한 행간의 의미는 읽을 수도 없었다

삐걱대는 플롯에 흐려지는 일인칭 시점, 갈등 관계는 필
요 이상으로 얽혀들고 극적인 전환 요소는 자정 근처를 맴
돌 뿐

그 순간 암시도 없이 나타난 한밤의 반전
힘센 역설이 난관의 끝을 슬쩍 뒤집었다

결말은 오, 해피엔딩!
겨울이 온통
낙관이다

촉

만년필 푸른 촉이 잉크를 물었다

너무 젖지도 않게

너무 마르지도 않게

촉촉한 머금음이 쓴,

살아 있는

시의

촉!

키 큰 피아니스트

그는 팔이 길었다 손가락이 길었다

그의 긴 팔이 산을 통째로 안고 왔다

그의 긴 손가락들이 산을 무너뜨렸다

피아노가 몸부림치다 하얗게 폭발했다

그 안에서 검디검은 악마가 뛰쳐나왔다

연주를 마치고 일어선 그의 키가 훌쩍 컸다

그 여자의 바다

그가 불렀네
악마처럼 입을 벌리고

퍼렇게 넘실대는 주술에 사로잡혀
거꾸로 곤두박질하며
한평생을 던졌네

그곳은 차라리 아름다운 무덤 같은 곳
발 없는 목숨들이 형형색색 몸짓하며
저 바깥 한 세상살이
잊으라 잊으라 하네

바람 속에 던져둔 알몸의 그리움이
검은 돌담 속에서 저 혼자 울면은

이어싸 이어도사나
그가 불러 나는 또 가네

불온한 오독, 혹은 모독

눈이 침침해졌나 생각이 요상해졌나
모델을 모텔로 멘티를 팬티로
불운을 불륜으로 읽고 불안을 불알로 읽어

멀쩡한 문장을 오독으로 모독하니
오독이나 모독이나 독은 독인지라
이 둘은 경외가 아닌 경계해야 하는 것

컴퓨터로 시 쓰기

참 쉽지
시 쓰는 것
키보드로 또닥또닥

금방 쓴 것 지웠다가
지운 것 또 살려도 돼

커서가 깜빡깜빡 놀린다
이 쉬운 것, 왜 못 쓰냐고

십자가 도시

자고 나면 십자가는 플러스 또 플러스다

이 도시 어디에 있나 십자가를 질 사람

휘황한 스카이라인만 밤하늘에 통성기도 중

제4부

희망대로 달리다

함성이 없어도 환하게 벋는 속도
밤을 비운 몸마다 햇살 가득 채우고
등뼈도 단단한 이 길
희망대로 달린다

지난밤을 엉겼던 눅눅한 질문들과
어긋난 자본의 턱이 바퀴를 물어도
페달 위 질주 본능은 탁 트인 직진이다

희망대로, 희망대로, 주문을 굴리면서
어둠과 밝음이 서로 몸을 바꾸는 길
한 방울 푸른 잉크로 쓰는
이 아침의 새 주소

돌담 미학

다만 돌과 돌만으로 이룬 저 축조물엔
어떤 토목적 공법도 기술도 없지만
세월이 허물 수 없는 돌의 체위가 있다

나의 모난 부분을 네 빈 곳에 들이고
너의 모난 한쪽을 내 안에 거둬 안고
헐겁던 틈을 채워나간 단단한 층층 약속

피가 돌고 살이 붙어 한 채의 집이 된
아름다운 깍지 몸, 그 앞에서 돌아보는
서로가 모남만 탓했던 아, 그때 그 젊은 날

손의 벽

손뼉을 손벽으로 잘못 쓴 글을 보고
손의 벽 그 말에 고개를 끄덕이다가
알았네
그런 환한 벽이
세상에 있다는 걸

마주하여 하나 되면 따스한 기도가 되고
의기투합 신명 나면 우레 같은 박수가 되는
그런 벽 우리에게 있네
내게 있네
네게 있네

저녁 기도

수직으로 세웠던 하루를 누입니다

발 부르튼 일상을 가만히 어루만집니다

웃자란 욕심 보푸라기 용서 빌듯 쓸어냅니다

함부로 들이댔던 마음 잣대 거둡니다

다투었던 셈법이 저만치 물러납니다

참 맑은 평화 한 그릇 무릎으로 받습니다

퇴근길

오늘도 엑셀보다 브레이크를 더 밟았다
퉁퉁 불은 피로에 바퀴는 되감기고
낡은 등 하나같이 붉은 소나타씨 코란도씨

하루치 밥벌이에 저당 잡힌 멱살을
시동을 끄면서 지하 주차장에 부려놓고
굽히고 조아렸던 몸, 탁탁 털어 수습한다

명치끝 저리도록 안아야 할 살붙이들
헛기침 두어 번으로 처진 어깨 올리고
딩동댕! 한 옥타브 높게 현관문을 누른다

공은 둥글다

소리도 시간도 다 삼킨 듯한 휴일 나절
텅 빈 운동장에서 아이 혼자 공을 찬다
한 편의 고독한 은유 같은 무음의 동영상
온 힘을 다해 이리 뛰고 저리 뛰어도
좀처럼 잡히지 않는 기회라는 저 공은
어디로 튈지 모르는 불확신과 배신이다

둥근 것은 언제고 어디로든 갈 수 있다
달아나기도 쉽다, 달아나기 쉽다는 건
그만큼 돌아오기 쉽고, 그만큼 공평하단 것
둥글어서 멀리까지 가버린 기회지만
둥글어서 다시 내게 올지도 모르므로
가만히 공처럼 굴려본다 불확신과 배신을

일요일 오후에는 바지를 다린다

그러하듯 삶이 나를 또다시 속였어도
슬퍼하거나 노하지 마라* 그 말을 되뇌며
축 처진 지난 일주일에 다리미를 얹는다

외줄 자존인 양 그나마 세운 칼주름은
밥줄을 좇느라 하루도 못 가 무너지고
일요일 오후의 바지는 늘 올마저 성글다

내일 또 팽팽하게 당겨야 할 서너 평 삶
한 움큼 물을 뿜고 뜨겁게 꾹 누르면
푸시시, 푸시킨을 읊으며 일어서는 두 무릎

* 푸시킨의 시를 일부 변용.

적과

더 크고 온전한 한 알의 수확을 위해
제 목에 댄 가윗날을 가만히 받아들여
눈 가릴 치마도 없이
어린 숨은 뛰어내렸다

오라비 하나 보란 듯이 성공시키자고
공장에서 밤새웠던 학비벌이 누이들
못다 핀 쪽잠 같은 꿈이
미싱 위로 뚝뚝 졌다

누더기 시

어긋난 조각으로 마름질된 시상 몇 잎
이리저리 꿰맞추어 밤새워 이어보며
시린 몸 하나쯤 가릴 옷 한 벌을 꿈꾼다

끝 무딘 바늘과 낡고 바랜 실 몇 가닥
내 초라한 반짇고리엔 이것밖에 없어서
도렷한 은유 하나도 앞섶에 잇지 못해

언 발목도 덮지 못할 한 벌 누더기 시
터진 솔기 사이로 마른 뼈가 드러나고
실밥만 허옇게 단 채 누덕누덕 우는 시

책상다리가 절고 있다

여길 누르면 저기가
저길 누르면 여기가
구차한 변명처럼 책상이 흔들린다
요컨대 책상다리가 절고 있는 것이다

절고 있는 책상이 쓴
내 시도 절고 있다
놓쳐버린 보폭에 걸음은 엉겨들고
그만큼 또 굽어진 길, 발목이 붓는다

네 귀가 팽팽하도록 반듯함을 꿈꾸며
불구의 몇 줄 시를 세우고 돋우는 이 밤

뒤틀린 울음을 물고
책상다리가 절고 있다

두만강은 흐른다

통곡도 없더라 몸부림도 없더라

아무렇지도 않은 듯 아무 일도 없는 듯

아, 그냥 강물이더라 그냥 흘러가더라

돌아앉은 홀어미 어깨 같은 그 이름을

추운 국경 어디쯤 눈물도 없이 묻어두고

찢어진 이념 사이로 그냥 흘러만 가더라

포항물회

말하자면 이곳은 부조화의 조화랄까
반역처럼 역모처럼 툭 불거진 해안선이
그윽이 두 팔을 벌려 만(灣) 하나를 품었다

이곳엔 확 당겨주는 한 그릇 맛이 있어
갓 잡아 퍼덕대는 바닷고기 쓱쓱 썰어
오이 배 채소 과일에 고추장도 한 숟갈

척척 비비고서 찬물 살짝 타 먹으면
오들오들 감겼다가 매콤달콤 풀리는
딱 집어 말 못 할 맛에 미각은 항복한다

새벽 바다 건져 올린 햇덩이를 부숴 넣었나
마디 굵은 사투리를 뚝뚝 꺾어 넣었나
두툼한 바다 인심을 푹푹 퍼서 넣었나

팍팍한 삶도 같이 거뜬히 비워내면
건강한 시우쇠가 푸르르 몸을 떨고
바다는 저 멀리에서 희망 한 채 당겨온다

구만리* 보리밭

한바탕 격전을 앞둔 출격 직전의 진지

바람이 번쩍, 하고 신호를 한 번 보내자
와와와! 거친 함성들
일제히 타오른다

한낮도 부옇게 뜨던 그 고개 고개마다
독 오른 허기꽃이 울컥울컥 뱉은 오기
마침내 꽉 찬 힘으로 여기까지 왔구나

탱탱한 유월 햇살 허리 질끈 두르고
굵게 누운 수평선 단숨에 뛰어 넘어

달려라
싯누런 함성아
만리만리 구만리

* 구만리 : 경북 포항시 남구 호미곶면 구만리. 바닷가 언덕의 보리밭
  이 푸른 바다를 배경으로 넘실대는 모습이 장관이다.

제5부

봄시(詩)

봄빛 환할수록 꽃 그림자 짙어지네

꽃 그림자 짙어질수록 한 생각 여울지네

한 생각 여울질수록 봄은 자꾸 무너지네

동백꽃처럼

흰 눈 위에 동백 한 송이 붉게 뛰어내렸다

다짐 같은 얼음 한 잎 가만히 깨물고서

단 한 번 연습 없이도 단정하게 마감한 생

놓아버린다는 것은 저처럼 선명한 것

차마 못 놓은 어린 봄의 귓불 같은 인연

깨끗한 살의(殺意)의 혀를, 꽃처럼 받고 싶다

버들노래

혼절하듯 자지러지듯 깨문 혀 또 깨물듯

연초록 매질에 초록초록 매질에

그냥 막 휘감겨들어 알몸으로 감겨들어

첩첩 감아두었던 금기의 끈을 당길까나

동여맸던 관능의 맨 허리를 풀까나

혼곤한 저 연두 물빛에 이 봄 다 줘버릴까나

화엄사 홍매화

어쩌자고 하필이면 여기 이 선방 앞에
동안거 끝낸 화두 여태 못 풀었는데

가둬둔 묵언의 입에
불잉걸을 물렸느냐

향기도 천 송이라 색깔도 만 송이라
어디다 흩뿌릴까 보냐 달아오른 점점홍을

대웅전 비로자나불도
눈을 질끈 감으셨다

천(千)의 향 만(萬)의 색에 봄날은 숨이 차고
가사도 장삼도 휘감기어 젖는구나

울어라 비린 번뇌여
눈이 부은 화엄이여

필리버스터 하라

봄은 또 벚꽃 만개를
직권 상정하였다

남쪽에서부터 이내
이 땅을 접수하니
협상도 동의도 없이
피어나는 환상통

입술처럼 가벼우나
칼날처럼 치명적인
무차별 살포되는
희디흰 폭력 폭력

누가 좀
아아, 누가 좀
방해하라
저, 불가항력!

연잎 구슬

초록 몸을 그저 가만 펼쳤을 뿐인데
바삐 앉는 빗줄기 허락했을 뿐인데
그것들 잠시 잠깐만 품었을 뿐인데

퉁퉁 불은 흙비도 구름 안은 궂은비도
살짝 안아 궁글려 또르르 털어내면
하나씩 세고픈 만큼 알알이 투명하네

내게도 있었지 연잎 같은 그런 사랑
귀 터진 아픔도 주저앉은 울음도
깨끗한 형용사로 굴러 방울방울 지곤 했던

여름 절집 연밭은

곧게 세운 마음 끝에 잎 하나씩 열어놓고

범종 소리 독경 소리 꼿꼿이 받아 적더니

짙푸른 반야바라밀을 가득하게 펼쳤네

다 찢기고 얼룩진 빗방울 몇 알도

한 잎 한 잎 저 경전 쓰다듬고 받들어

알알이 말씀 보석으로 말갛게 앉히었네

시린 벼랑같이 자꾸만 가팔라져가는

내 헐벗은 기도 한 줄 뚝뚝 잘라 꺾어

저 연밭 한 모퉁이에 푹 꽂아나 둬볼까

구월 저녁

밤의 잔등 서늘하여 성글은 초저녁 잠

귀만 환하게 열린 한결 엷은 머리맡에

단정한 가을 냄새 한 장, 또렷이 놓이는 소리

쓰다 만 시 앞에 낮은 불 밝혀 앉으니

누군가 다녀간 듯 가을 쪽으로 기운 행간에

미리 온 쓸쓸함이 앉아 등 구부리는 소리

시월, 오후 한때

발 고운 참빗으로 머리 빗고 앉아서

두어 됫박 햇살을 치마폭에 쏟아놓고

한 생애 뉘를 고르는 설핏 기운 이순 근처

어쩌면 오늘은

시월 오후 거실은 황금빛 신전이다
무반주 첼로가 대리석 선율을 깔면
햇살은 이오니아식으로 기둥을 세운다

흔들의자 위의 소설은 흔들릴 때마다
천 년을 단위로 페이지를 넘기면서
잘 마른 파피루스 냄새를 가볍게 풍겨낸다

고요가 드리운 얇은 커튼 너머에선
순례 마친 적막이 가지런히 신발을 벗고
신성한 서약을 바치듯 무릎 꿇고 앉는다

어쩌면 신이 주는 눈부신 첫 문장이
오늘은 내 가난한 서정의 오두막에
환하게 빛을 물고서 풀씨로 날아들까

가을볕에 서면

아주 먼먼 전생까지 다 비칠 것만 같은
환한, 저 환한 가을볕에 가만히 서면
뉘라서 수의(囚衣) 한 벌씩 걸치지 않았으랴

아득히 먼 후생까지 다 비칠 것만 같은
환한, 저 환한 가을볕에 가만히 서면
뉘라서 그 수의 한 벌, 가벼이 벗지 않으랴

그렇게 가을 저녁이

수척한 한 사람이 낡은 신발을 끌며 와서

장렬했던 그 여름의
모자를 벗어두고

목침에 마른 잠을 괴듯
그렇게 가을 저녁이,

햇살 원고지

맑은 겨울 한낮에는 햇살도 반듯하다

발 고운 먼지가 자리 비킨 거실 바닥

칸칸이 창살무늬는 햇살이 그린 원고지

저 깨끗한 원고지에 무슨 문장 적을까

자음도 받침도 없는 우리 아가 첫말 같은

투명한 모음을 적어 햇살에게 바칠까

겨울 덕장에서

누구나 삶 앞에서는 순교자가 되는가
한 자루 칼을 받듯 똑바로 하늘을 보며
시퍼런 수평선에다 부릅뜬 목을 걸었다

헛되이 차올랐던 무르고 비린 것들
깨끗이 비워내고 등뼈 하나로 남은 몸
흰 눈발 쏟아지는 채찍을 전율하듯 받았다

빈 몸 가득 바람의 살 단단하게 차오르고
햇살의 잔뼈들도 순정하게 꽂히니
마침내 황홀한 열반 같은, 잘 마른다는 이것

시시포스의 역설

맹문재

1

서숙희 시인의 시조 세계에서 시시포스의 역설을 볼 수 있어 주목된다. 카뮈는『시시포스 신화』에서 시시포스를 부조리한 상황의 전형적인 인물로 인지해온 기존의 관점을 뒤엎고 고통과 절망에 굴복하지 않는 인물로 해석했다. 삶에 대한 열정으로 신들을 멸시하는 것은 물론 죽음을 인정하지 않고 자신이 감당해야 하는 형벌을 기꺼이 수행하는 존재로 이해한 것이다. 서숙희 시인의 작품에서도 부조리한 운명을 비관하거나 회피하지 않고 오히려 적극적으로 끌어안고 지상에서의 삶을 추구하는 모습을 볼 수 있다.

시시포스가 제우스의 분노를 사게 된 신화는 다음과 같다.[1] 시시포스는 코린토스의 왕이었는데, 어느 날 세상의 그 어떤 새보다도

---

[1] 다음의 책을 근거로 필자가 구성해보았다. ① 알베르 카뮈,『시시포스 신화』, 오영민 역, 연암서가, 2014, 201~203쪽. ② Edith Hamilton, *Mythology*, New American Library, 1960, p.298.

거대하고 화려하고 힘이 센 독수리가 그리 멀지 않은 섬으로 한 아가씨를 낚아채어 가는 것을 보았다. 그때 강의 신인 아소포스가 시시포스를 찾아와 자신의 딸인 아이기나가 납치당했다고 알렸다. 그리고 제우스가 한 짓 같다고 강하게 의심하면서 딸아이를 찾는 데 도와달라고 부탁했다. 시시포스는 아소포스로부터 코린스에 물을 대어주겠다는 약속을 받고 자신이 본 것을 말해주었다. 그 결과 시시포스는 제우스의 잔혹한 노여움을 받게 되었다.

분노한 제우스는 죽음의 신을 시시포스에게 보냈는데, 시시포스는 자신을 데리러 온 죽음의 신을 오히려 쇠사슬에 묶어버렸다. 죽음의 신이 할 일을 못 하게 되자 명부의 왕인 플루톤은 전쟁의 신을 급파했다. 그리하여 시시포스는 지하세계로 끌려갈 수밖에 없었다. 시시포스는 이 세상을 뜨기 전 아내에게 자신의 시신을 매장하지 말고 광장의 한복판에 던져놓으라고 말했다. 아내는 인간적인 애정을 저버리고 남편이 시키는 대로 했다. 시시포스는 그와 같은 아내에게 섭섭함과 분노를 느끼고 아내를 벌하고자 플루톤의 허락을 받고 지상으로 되돌아왔다. 그렇지만 다시 보게 된 아내의 얼굴과 물, 태양, 따뜻한 돌, 바다 등을 맛보고 나서는 어두운 저승으로 되돌아가고 싶지 않았다. 그리하여 수차례에 걸친 신들의 소환과 노여움과 경고를 무시하고 지상에서 기쁨을 누렸다. 그와 같은 시시포스의 행동에 분노한 신들은 그를 억지로 다시 저승으로 데려가 바위를 굴려 올리는 형벌을 내렸다.

카뮈는 『시시포스 신화』에서 신들의 형벌로 바위를 굴려 올리는 시시포스를 부조리한 영웅으로 해석했다. 이전까지의 문학이나 철학 등에서 시시포스는 가장 비극적인 존재로 인식되었다. 신들을 속인 사기꾼으로 또는 죽음의 신을 쇠사슬에 묶은 죄인으로 영원히 벌 받아야 하는 존재로 간주해 온 것이다. 그렇지만 카뮈는 기존의 해석과는 다르게 시시포스가 신들의 노여움을 사서 형벌을 받게 된 이유가 신들을 멸시했기 때문이라는 점을 발견했다. 그리하여 시시포스가 죽음을 거부하고 지상의 시간에 바친 열정을 주목했던 것이다.

2

나는 스스로 바람의 딸이 되련다

아슬한 벼랑 위에 한 생을 걸어놓고

명치 끝 으스러지도록 그늘을 껴안으련다

세상 가장 아름다운 슬픔과 내통하며

행여 비칠 연분홍 몸의 문장 따위는

뜨거운 갈증의 가윗날에 뭉텅뭉텅 잘리련다

봄이 다시 황홀한 저주처럼 찾아올 때

입술을 헐리우며 야생의 어둠을 먹고

한사코 꽃잎을 밀어내는, 희디흰 꿈을 꾸련다

—「바람꽃」 전문

위의 작품의 화자는 "바람의 딸이 되"려고 한다. 사회 제도나 관습이나 법 등의 구속으로부터 벗어나 자유로운 존재가 되는 것은 물론 자신을 속박하는 운명으로부터 탈출하려고 한다. 그리하여 "아슬한 벼랑 위에 한 생을 걸어놓고/명치 끝 으스러지도록 그늘을 껴안으"려는 것이다. 바람의 딸이 감당해야 하는 생의 조건이란 아슬한 벼랑에 걸린 이슬처럼 그지없이 위험하고 불안한데, 화자는 그 상황에서도 그늘을 온몸으로 껴안는다. "세상 가장 아름다운 슬픔과 내통하"려는 것이다. "행여 비칠 연분홍 몸의 문장 따위는/뜨거운 갈증의 가윗날에 뭉텅뭉텅 잘"라내고 그늘과 슬픔을 끌어안는다. "봄이 다시 황홀한 저주처럼 찾아올 때/입술을 헐리우며 야생의 어둠을 먹고/한사코 꽃잎을 밀어내는, 희디흰 꿈을 꾸"겠다는 것이다.

위의 작품에서 눈길을 끄는 것은 "아름다운 슬픔"이나 "황홀한 저주"에서 볼 수 있듯이 역설적인 인식이다. "연분홍 몸의 문장"이 잘려지고 '꽃잎'이 밀려나고 있는 면도 그러하다. 이와 같은 역설은 "벼랑 위에 한 생을 걸어놓"는 모습으로도 나타나고 있다. 생은 아름다운 것만도 슬픈 것만도 아니고 아름답기도 하고 슬프기도 한 것이다. 생은 황홀한 것만도 저주스러운 것만도 아니고 황홀하기도 하고 저주스럽기도 한 것이다. 그리하여 화자는 관습과 상식에서 선택되어 온 아름다움과 황홀보다 슬픔과 저주를 끌어안는다. 상대적으로 부정되고 소외되어온 그림자를 품는 것이다. 화자가 "나는 스스로 바람의 딸이 되련다"라고 노래하는 것이 그 여실한 모습이다.

> 피 묻은 상처는
> 한 그릇의 밥이다
>
> 불어터진 감성의 배후가 될지도 모를
> 어설픈 에스프리는 나의 밥이 아니다
>
> 찬 바닥을 기면서 맨몸을 문질러 쓴 유서 같은 문장을 뚝뚝
> 꺾어 넣은 밥 녹슬은 숟가락으로 푹푹 퍼먹는 밥
>
> 잠복해 있던 울음들 조각조각 토해내고
> 희망의 손목에 철컥, 수갑을 채우는
>
> 피 묻은 붉은 상처의,
> 슬프고도 힘센 밥
>
> —「피 묻은 상처는 밥이다」 전문

위의 작품의 화자는 "피 묻은 상처는/한 그릇의 밥"이라고 진단하고 있다. 한 그릇의 밥을 마련하는 일은 결코 수월한 것이 아니라 피를 흘릴 정도로 상처받고 고통을 겪어야 한다는 것이다. 그러므로 "불어터진 감성의 배후가 될지도 모를/어설픈 에스프리는 나의 밥이 아니다"라고 단언한다. 화자는 그와 같은 인식으로 "찬 바닥을 기면서 맨몸을 문질러 쓴 유서 같은 문장을 뚝뚝 꺾어 넣은 밥"이며 "녹슬은 숟가락으로 푹푹 퍼먹는 밥"을 선택한다. "잠

복해 있던 울음들 조각조각 토해내고/희망의 손목에 철컥, 수갑을 채우는//피 묻은 붉은 상처의,/슬프고도 힘센 밥"을 먹겠다는 것이다.

위의 작품에서도 "피 묻은 상처는/한 그릇의 밥"이라거나 "희망의 손목에 철컥, 수갑을 채"운다거나 "슬프고도 힘센 밥" 등은 역설적인 인식이다. 상처와 밥, 희망과 수갑, 슬픔과 힘센 밥은 모순적인 관계이다. 화자는 그 모순을 통해 삶의 본질을 밝히고 있다. 일상적인 지각이나 상식을 뛰어넘어 생을 영위하는 일이 얼마나 힘든 것인지, 생을 영위하는 일이 얼마나 위대한 것인지, 그 본질을 보여주는 것이다.

이와 같은 화자의 삶의 자세는 시시포스가 형벌을 수행하는 모습과 같다. 시시포스는 거대한 바위를 산꼭대기로 굴려 올리기 위해 잔뜩 긴장하며 온몸을 쓴다. 양팔과 어깨와 양발은 경련을 일으키고, 두 손은 흙투성이다. 시시포스는 안간힘을 쓰며 바위를 산꼭대기에 올려놓아도 바위가 산 아래로 굴러 떨어질 것을 알고 있지만, 결코 절망하지 않는다. 화자가 한 그릇의 밥을 마련하기 위해 피 묻은 상처를 감당하는 것도 같은 자세이다. 부조리한 상황에 맞서 "슬프고도 힘센 밥"을 먹는 것이다.

3

사진을 보는 건 조금 쓸쓸한 일이다

어느 먼 추억 속에 꽂혀 있는 생의 한 갈피

사진은 왜 과거 속에서만 희미하게 웃을까

나비가 잠시 앉았던 것 같은 그때 거기서

젊은 한때가 젊은 채로 늙어가는데

사진은 왜 모르는 척 모서리만 낡아갈까
—「사진은 왜」 전문

위의 작품의 화자가 인식하고 있듯이 시간은 모순적인 존재이다. 인간은 시간의 허락에 의해 이 지상에 발 딛고 살아가고 있지만, 시간의 폭력으로부터 자유롭지 못하다. 시간은 인간다운 삶을 영위하고자 하는 인간을 잔인하게 무너뜨리는 것이다. 유한한 존재인 인간은 시간의 폭력을 제지하거나 회피할 수 없다. 그리하여 "어느 먼 추억 속에 꽂혀 있는 생의 한 갈피//사진은 왜 과거 속에서만 희미하게 웃을까"라고 한탄한다.

시간은 화자가 "나비가 잠시 앉았던 것 같은 그때 거기서//젊은 한때가 젊은 채로 늙어가는데"도 모른 척한다. 그리하여 화자는 "사진"의 "모서리만 낡아"가는 것을 쓸쓸하고 쓸쓸한 마음으로 바라본다. 시간은 화자에게 그 정도만 허락할 뿐 일체의 이의 제기를 받아들이지 않는다. 이렇듯 화자와 시간의 관계는 시시포스와 신들의 관계와 같다. 시간의 요구를 회피하거나 거절할 수 없는 화자의 처지는 곧 신들이 부여한 형벌을 회피하거나 거절할 수 없는 시시포스와 같은 것이다.

> 그는 죽었다
> 무슨 징후나 예고도 없이
> 제 죽음을 제 몸에 선명히 기록해두고
> 정확히 세 시 삼십삼 분 이십이 초에 죽었다
>
> 생각해보면 그의 죽음은 타살에 가깝다
> 오늘을 어제로만, 현재를 과거로만
> 미래를 만들 수 없는,
> 그 삶은 가혹했다
>
> 날마다 같은 간격과 분량으로 살아온
> 심장이 없어 울 수도 없는 그의 이름은
> 벽시계,
> 뾰족한 바늘뿐인
> 금속성의 시시포스
>
> ―「어떤 죽음」 전문

위의 작품은 "벽시계"를 의인화한 것이지만 화자를 "벽시계"로 비유한 것으로도 볼 수 있다. 인간이나 벽시계나 유한한 존재이기 때문에 "무슨 징후나 예고도 없이" 숨을 거둘 수밖에 없다. 물론 "제 죽음을 제 몸에 선명히 기록해두고/정확히 세 시 삼십삼 분 이십이 초에 죽"을 수 있겠지만, 그 의미가 죽음 자체보다 크다고는 볼 수 없다. 이 세계에 존재하는 그 어떤 대상도 시간의 폭력으로부터 회피할 수 없는 법이다. 이 사실이 보다 큰 진리인 것이다.

이와 같은 차원으로 "생각해보면 그의 죽음은 타살"이다. "오늘을 어제로만, 현재를 과거로만/미래를 만들 수 없는,/그 삶은 가혹"한 것이다. 따라서 "날마다 같은 간격과 분량으로 살아온/심장이 없어 올 수도 없는 그의 이름은/벽시계"라고, 다시 말해 "뾰족한 바늘뿐인/금속성의 시시포스"라고 말할 수 있다. 화자는 이와 같은 벽시계의 운명을 자신의 것으로 인식하고 마치 시시포스가 신들에게 저항한 것처럼 맞선다.

카뮈는 시시포스가 산 아래로 굴러 내려간 바위를 다시 굴려 올리기 위해 산을 내려가는 동안을 주목했다. "무겁지만 한결같은 걸음으로, 그 끝을 알 수 없는 고통의 근원을 향해 다시 걸어 내려가는 한 인간의 모습을 바라본다. 가쁜 숨을 고르는 이 시간, 그의 불행과 마찬가지로 어김없이 다시 찾아오는 이 시간은 의식의 시간이다. 산꼭대기를 떠나 신들의 소굴을 향해 조금씩 조금씩 더 깊이 걸어 들어가는 매순간, 시시포스는 자신의 운명보다 더 우월하다. 그는 자신의 바위보다 더 강하다."[2]

시시포스는 가쁜 숨을 고르면서 한 걸음 한 걸음 산을 내려가는 동안 자신이 겪고 있는 형벌의 근원을 생각한다. 그리고 형벌을 기꺼이 감당하기 위해 신들의 소굴로 들어간다. 시시포스의 그 의식과 행동이야말로 인간의 위대함이다. 시시포스는 자신의 형벌이 종결될 수 없음을 잘 알고 있지만 순명하고자 한다. 자신의 운명이 비극적이고, 자신의 반항이 무력할 수밖에 없지만, 부조리한 상황에 맞서는 것이다.

---

2 알베르 카뮈, 앞의 책, 204쪽.

위의 작품의 화자가 시간을 인식하는 것도 마찬가지이다. 화자에게 시간이란 시시포스가 수행하는 형벌만큼이나 거역할 수 없는 운명이다. 자신이 굴려 올린 바위가 산꼭대기에서 멈추지 않는 것을 시시포스가 알고 있듯이 화자 역시 지나가는 시간을 멈출 수 없다는 것을 깨닫고 있다. 화자가 함께하고자 하는 시간은 어느새 금이 갔고 한계를 느낄 만큼 힘이 쇠하였고 변색되었다. 그렇지만 화자는 그 절망 속에서도 시간에 굴복하지 않는다.

봄은 또 벚꽃 만개를
직권 상정하였다

남쪽에서부터 이내
이 땅을 접수하니
협상도 동의도 없이
피어나는 환상통

입술처럼 가벼우나
칼날처럼 치명적인
무차별 살포되는
희디흰 폭력 폭력

누가 좀
아아, 누가 좀
방해하라
저, 불가항력!

—「필리버스터 하라」 전문

위의 작품에서 화자는 "봄은 또 벚꽃 만개를/직권 상정"한 상황을 놀라워하며 주시하고 있다. "남쪽에서부터 이내/이 땅을 접수하니/협상도 동의도 없이/피어나는 환상통"까지 느낀다. 그리하여 화자는 "입술처럼 가벼우나/칼날처럼 치명적인/무차별 살포되는/희디흰 폭력 폭력"을 막아달라고 호소한다. "누가 좀/아아, 누가 좀/방해하라/저, 불가항력!"이라며 저항하는 것이다.

화자는 구조적으로 또 문맥적으로 역설의 관점을 견지하고 인습화된 지각을 뛰어넘는 세계 인식을 보여주고 있다. 화자는 벚꽃이 만개한 봄날을 놓치고 싶어 하지 않는다. 그렇지만 무차별적으로 피어나는 벚꽃의 시간을 소유할 수 없다. 벚꽃이 화려하게 피어나는 것은 곧 지는 시간이 다가오는 것이기도 하다. 그리하여 화자는 벚꽃의 시간을 지키기 위해 "필리버스터(Filibuster)"를 요청하는 것이다.

주지하다시피 "필리버스터"는 다수당이 일방적으로 추진하는 법안의 처리를 막기 위해 소수당 의원이 장시간 발언으로 지연시키는 의회 운영 절차의 한 형태이다. 위의 작품의 화자가 "필리버스터"를 이용하려는 것은 그만큼 벚꽃 핀 상황이 절실하기 때문이다. 화자는 벚꽃도 시간의 폭력을 피할 수 없다는 것을 잘 알고 있다. 그리하여 시시포스가 바위를 굴려 올리는 순간에 몰두하듯이 화자 역시 벚꽃 핀 시간에 온몸을 밀어 넣는 것이다.

화자는 시간의 폭력을 거부할 수 없는 상황에 놓여 있다. 인간의 의지와 상관없이 늙고 병들어 결국 신들의 세계로 불려갈 수밖에 없는 것이다. 그렇지만 화자는 그 운명을 두려워하지 않고 축복의 시간으로 만들려고 한다. "가버린 것들이 간 곳은 어디일까/

103

그때 핀 흰 깨꽃은 아직 지지 않았는데"(「가버린 것들은」)라며 지나간 시간을 불러오고, "뉘라서 그 수의 한 벌, 가벼이 벗지 않으랴"(「가을볕에 서면」)며 다가오는 시간을 껴안는다. 과거에 함몰되지 않고 미래에 기대지 않으며 "나, 푸르고 싱싱한 병 하나에"(「푸르고 싱싱한 병에 들어」) 드는 것이다.

> 나, 푸르고 싱싱한 병 하나에 들겠네
> 여름 내내 아무도 미워하지 않아서
> 쓸쓸한 어스름처럼 순해진 육신으로
>
> 푸르고 싱싱한 그 병 안에서 나는
> 울울창창 깊은 울화를 단숨에 들이켜고
> 칼을 문 욕망의 피로 입술을 닦으려네
>
> 푸르고 싱싱한 그 병 안에서 나는, 아
> 되새김질, 하듯이 고통을 복기한 후
> 깨끗한 항복의 자세로 투병기를 쓰겠네
>
> 푸르고 싱싱한 병, 그 병 밖에서 아, 나는
> 마침내 새로 얻은 말끔한 죄 하나를
> 한 사발 눈먼 사유에 튼튼히 꽂아두겠네
> ―「푸르고 싱싱한 병에 들어」 전문

"병"을 "푸르고 싱싱한" 것으로 인식한 것 자체가 역설인데, 화자는 그 "병"에 "들겠"다고 노래한다. 그것도 "여름 내내 아무도 미워하지 않아서/쓸쓸한 어스름처럼 순해진 육신"에 들겠다고 한다.

화자는 "푸르고 싱싱한 그 병 안에서" "울울창창 깊은 울화를 단숨에 들이켜고/칼을 문 욕망의 피로 입술을 닦으려"고 하는 것이다.

화자가 "푸르고 싱싱한 그 병"에 들고자 하는 것은 "병 안에서" "되새김질, 하듯이 고통을 복기한 후/깨끗한 항복의 자세로 투병기를 쓰"기 위해서이다. 병에 든 다른 사람들의 아픔이 얼마나 큰 것인지 제대로 인식하지 못했기에 자신이 몸으로 체득하겠다는 것이다. 또는 이전의 아픔을 망각한 채 살아가고 있는 자신을 병의 복기를 통해 새롭게 자각하겠다는 것이다. 그리하여 화자는 "푸르고 싱싱한 병, 그 병 밖에서" "마침내 새로 얻은 말끔한 죄 하나를/한 사발 눈먼 사유에 튼튼히 꽂아두겠"다고 노래한다. 이전까지 다른 사람이나 자기 존재의 아픔을 회피하거나 망각해온 것에 죄의식을 가지고 반성하겠다는 것이다. 자신의 아픔을 망각하고 있으면 다른 사람의 아픔을 알지 못한다. 다른 사람의 아픔을 망각하고 있으면 자신의 아픔을 알지 못한다. 따라서 화자는 "푸르고 싱싱한 병에 들어" 깊은 울화와 칼을 문 욕망으로 인한 자신의 이기적이고 안일한 삶을 극복하려고 하는 것이다.

4

나는 죄 많은데 참말로 죄 많은데

꽃 보며 웃는데 사막처럼 웃는데

너는 왜, 왜 죄도 없이 죄 없이도 울고 있나

혼자서 받는 밥엔 적막이 한 상인데

꽃 두고 나비 두고 모두 다 어디 갔나

허공은 봉두난발로 봉두난발 무너지는데

노래는 굽이굽이 여태도 굽이굽이라

못다 부른 끝 소절은 못다 불러 붉은데

울음은 왜 캄캄하나 이리 환한 대낮인데

　　　　　　　　　　　　　　　—「아프릴레」 전문

　위의 작품의 화자가 이탈리아의 가곡 〈아프릴레〉를 듣는 모습은 밝지 않을 뿐만 아니라 죄의식을 지니고 있기에 역설적이다. 이 가곡은 당신은 공기 속으로 퍼지는 봄의 향기를 느끼나요, 당신은 마음속에 들어 있는 봄의 소리를 느끼나요, 등의 가사에서 볼 수 있듯이 4월을 사랑의 계절로 찬미한다. 그런데 화자는 그 4월의 연가를 들으면서 "나는 죄 많은데 참말로 죄 많은데//꽃 보며 웃는데 사막처럼 웃는데//너는 왜, 왜 죄도 없이 죄 없이도 울고 있나"라고 자책하고 있다. 화자가 꽃을 보며 웃는데도 행복하지 못하고 죄의식을 갖고 있는 이유는 구체적으로 나타나 있지 않았지만, 화자의 죄의식은 근원적이고 지속적이다. 그리하여 화자가 "혼자서 받는 밥엔 적막이 한 상"이다. "꽃 두고 나비 두고 모두 다 어디 갔"

106

는지 "허공은 봉두난발로 봉두난발 무너지"고 있다. 꽃을 보고 웃는 화자는 지상에 존재하지만, "너" 그러하지 못하다. 그에 따라 화자의 "노래는 굽이굽이 여태도 굽이굽이"이고 "못다 부른 끝 소절은 못다 불러 붉"다.

4월의 노래를 들으며 "울음은 왜 캄캄하나 이리 환한 대낮인데"라고 안타까워하며 깊은 죄의식을 갖는 것은 화자의 개인적인 차원일 수도 있고, 범주를 넘어선 것일 수도 있다. 가령 2014년 4월 16일에 발생한 세월호 참사를 들 수 있다. 그 사고로 304명의 승객들이 희생되었는데, 그중에서도 수학여행을 떠났다가 돌아오지 못한 250명의 안산 단원고 학생들에게는 고개를 들 수 없다. 그들을 구조할 시간이 충분했는데도 불구하고 아무런 조치를 취하지 않아 속수무책으로 침몰하는 세월호의 모습을 텔레비전을 통해 지켜본 국민들은 슬픔을 넘어 죄의식을 가질 수밖에 없는 것이다. 그리하여 화자는 4월을 찬미하는 가곡을 들으면서도 슬픔과 미안함을 나타내고 있는 것이다.

4월은 '잔인한 달'이라는 선인의 진단에 동의하는 것일 수도 있다. 가령 엘리엇은 자신의 작품을 단순히 한 개인의 산물이 아니라 시대의 산물로 보고 제1차 세계대전으로 말미암은 유럽 문명의 붕괴며 정신적인 위기감을 『황무지』로 그려내었는데, 화자는 그 진단에 공감하는 것이다. 전쟁으로 인한 현대문명의 비인간성을 고발한 엘리엇의 시 정신이 소외와 물화에 함몰되어 있는 오늘날의 자본주의 체제에 여전히 필요하다고 인식하는 것이다. 그리하여 엘리엇이 신화와 종교와 전설 등을 인용하면서 황폐한 문명 속에서 타락한 현대인을 구하려고 했던 것처럼 화자는 죄의식을 토대로 그 극복을 지향하는 것이다.

> 1
> 나팔꽃은 덩굴로 난간에 꽃을 피웠다
> 선인장은 가시로 피 묻은 자서를 썼다
> 지상의 생존 방식에 삶은 늘 복종했다
>
> 2
> 어깨와 손목 사이, 견갑골과 수근골 사이
> 날개도 아니고 앞다리도 아닌 이름
> 천사와 짐승 사이에서 처세술을 더듬었다
>
> 욕망은 퇴화보다 진화를 거듭하여
> 필사적인 표정은 소매 속에 감춰두고
> 살 오른 삶의 몸통을 터지도록 껴안았다
> ──「팔에 대한 보고서」 전문

"나팔꽃은 덩굴로 난간에 꽃을 피"우듯이, "선인장은 가시로 피 묻은 자서를" 쓰듯이, "지상의 생존방식에 삶은 늘 복종"한다. "어깨와 손목 사이, 견갑골과 수근골 사이/날개도 아니고 앞다리도 아닌 이름"인 "팔"이 "천사와 짐승 사이에서 처세술을 더듬"는 것이 그 모습이다. 그렇지만 화자는 "팔"의 태도를 긍정한다. "욕망은 퇴화보다 진화를 거듭하여/필사적인 표정은 소매 속에 감춰두고/살 오른 삶의 몸통을 터지도록 껴안"기 때문이다.

시시포스의 앞에 놓인 길은 두 가지밖에 없다. 산꼭대기에 굴려 올린 바위가 산 아래로 굴러 내릴 것을 알면서도 계속 형벌을 수

행할 것인가, 아니면 생을 마감할 것인가이다. 결국 인생이란 살 만한 것인가, 그렇지 아니한가 하는 문제이다. 죽음은 운명에서 벗어나는 명확한 해결책일 수 있지만 인간의 삶이 전부 불행하거나 무익한 것만은 아니기에 인정될 수 없다. 그리하여 카뮈는 부조리한 상황을 해결할 수 있는 방안으로 자살 대신 반항을 제시한다. 자살은 삶이 무의미하다면 어떻게 해야 될까라는 물음에 가장 확실한 방안이 될 수 있지만 체험의 영역이 아니다. 희망 역시 부조리한 상황을 해결하는 방안이 되는 데는 한계를 갖는다. 이에 비해 반항은 시시포스가 산꼭대기에 바위를 굴려 올리는 행동과 같다. "반항은 인간과 인간 자신의 어둠과의 끊임없는 대면이다. 반항은 어떤 불가능한 투명에의 요구이다. 반항은 매순간 세계를 문제 삼는다. 위험이 인간에게 반항이 무엇인지 이해할 수 있는 둘도 없는 기회를 마련해주듯, 형이상학적 반항은 경험 전반에 걸쳐 의식을 펼쳐 놓는다. 반항은 인간의 자기 자신에 대한 변함없는 현존을 뜻한다. 반항은 열망이 아닐뿐더러 반항에는 희망이 없다. 이러한 반항을 짓누르는 어떤 운명에 대한 확인일 뿐 그 과정에 동반되게 마련인 체념이 아니다."[3]

반항은 자신을 의식함으로써 부조리한 상황에 맞선다. 반항은 고통스럽지만 자신의 존재를 자각시켜 준다. 신이 부여한 운명을 부정하고 온몸으로 바위를 산꼭대기에 굴려 올린다. 반항은 "삶 앞에서" "순교자가" 된다. "한 자루 칼을 받듯 똑바로 하늘을 보며/ 시퍼런 수평선에다 부릅뜬 목을"(「겨울 덕장에서」) 거는 것이다. 결국

3   위의 책, 96쪽.

반항은 "그 모든 것 한데 섞인 소용돌이가 사랑"(「사랑과 이별에 대한 몇 가지 해석」)이 되도록 하는 것이다.

> 별도 달도 없는 밤, 더디 가는 소설에서
> 발이 터진 난관이 문장 속에 갇혔다
> 매복한 행간의 의미는 읽을 수도 없었다
>
> 삐걱대는 플롯에 흐려지는 일인칭 시점, 갈등 관계는 필요
> 이상으로 얽혀들고 극적인 전환 요소는 자정 근처를 맴돌 뿐
>
> 그 순간 암시도 없이 나타난 한밤의 반전
> 힘센 역설이 난관의 끝을 슬쩍 뒤집었다
>
> 결말은 오, 해피엔딩!
> 겨울이 온통
> 낙관이다
>
> ―「그 밤에 반전이 있었다」 전문

위의 작품의 화자는 "별도 달도 없는 밤, 더디 가는 소설에서/발이 터진 난관이 문장 속에 갇"히는 상황에 처해졌다. 그 바람에 "매복한 행간의 의미는 읽을 수도 없었다". "삐걱대는 플롯에 흐려지는 일인칭 시점, 갈등 관계는 필요 이상으로 얽혀들고 극적인 전환 요소는 자정 근처를 맴돌"았다. 그런데 "그 순간 암시도 없이 나타난 한밤의 반전"이 있었다. "힘센 역설이 난관의 끝을 슬쩍 뒤집"은 것이다. 그리하여 "결말은 오, 해피엔딩!", "겨울이 온통/낙관이"었다.

위의 작품에서 주목되는 것은 암시도 없이 반전이 일어난 순간이다. 그 "힘센 역설"은 당연히 가능한 일이다. 역설은 출구가 보이지 않는 막다른 골목에서 일어난다. 해결책이 전혀 보이지 않는 상황에서 일어난다. 죄의식을 갖는 것처럼 자신을 진실하게 지키고 있을 때 예상을 능가하는 것이다. 더 이상 나아갈 수 없다고 느끼는 지점에서 더 큰 세계로 나아가는 것이다.

시시포스의 역설은 서숙희 시인의 작품 세계를 이루고 있는 토대이면서 궁극적으로 지향하는 주제의식이다. 시시포스가 바위를 굴려 올리는 형벌을 수행하면서도 자신의 운명을 부정하지 않고 기꺼이 신들에게 맞서고 있듯이 시인은 자신에게 주어진 운명을 지상에서의 동반자로 삼고 있다. 부조리한 상황에서 감당해야 하는 시간도 아픔도 슬픔도 인연도 신에게 의탁하지 않고 자기애로 품는다. 그리하여 작품들은 고뇌와 근심의 얼굴을 지니고 있으면서도 지하의 세계에 갇혀 있다가 메마른 언덕을 넘어오는 봄과 같은 생기를 띠고 있다. 인간 소외가 지배하는 이 부조리의 세계에 굴복하지 않는 자기 실존의 세계를 이루고 있는 것이다.

孟文在 | 문학평론가 · 안양대 교수

푸른사상 시선 133

먼 길을 돌아왔네